Ye   41097

GASTON CRÉMIEUX

LES MARSEILLAISES

NÉMÉSIS

LA CAVALCADE. — GANDINS ET COCOTTES.
LES VOIX DU PEUPLE

(Extrait du journal *le Peuple*).

MARSEILLE

Imprimerie Commerciale F. Canquoin, rue Vacon, 48.

1868

LA CAVALCADE

Eh ! quoi, toujours montrer des spectacles serviles,
Des sujets prosternés au sein des vieilles villes,
Des seigneurs, des valets. des vassaux gémissant
Aux genoux d'un monarque au faste éblouissant !
Quoi vingt siècles de gloire ont brillé sur Marseille,
Et quand vous évoquez son passé que réveille
Le généreux appel de votre charité,
Livre d'or par vos mains trop vite feuilleté,
Entre mille tableaux conservés par l'histoire,
Entre mille grands noms chers à notre mémoire,
Vous choisissez, pour fête exhumée au grand jour,
Un roi vain qui parade au milieu de sa cour !
Pourtant chez nous les rois et leur luxe commode
Depuis bientôt cent ans ne sont plus à la mode,
Et nous leur préférons un humble citoyen
Qui n'ait que sa vertu pour couronne et pour bien;
Voudriez-vous éclairer le peuple qui s'abuse ?
Qu'il apprenne de vous comment un roi s'amuse,
Et comment on gaspille en un fol apparat
Les forces d'une ville et les fonds de l'Etat.
Cette fois votre luxe au moins n'est pas frivole,
J'en conviens. Vous voulez recueillir une obole
Pour chaque malheureux qui souffre parmi nous;
Devant la royauté faut-il donc qu'à genoux
Il tombe, homme du peuple à qui le travail manque,

Comme un boursier devant le milliard de la Banque ?
Ah ! c'est rabaisser l'âme en relevant le corps !
Mais passons. Je veux bien vous suivre en vos efforts.
Il faudra du Valois pour imiter la forme,
Qui mesurait six pieds dans son armure énorme,
Un jeune homme géant ! beau, svelte vigoureux,
Tête vide, galant esprit, cœur valeureux ;
Il est déjà trouvé. Les belles races d'hommes
N'ont point dégénéré sous le ciel où nous sommes.
Un jeune rôturier, assez fort, sur ma foi,
Pour porter sans fléchir l'armure du grand roi,
De son sang plébéien, malgré noblesse et race,
A maté des grands noms la fadeur et la grâce.
Plus jeune que n'était le Valois, dont alors
Un chagrin rongeait l'âme, un ulcère le corps,
Notre contemporain devra vieillir sa joue.
Qu'un sourire attristé sur sa lèvre se joue ;
Qu'il pense à Charles-Quint, heureux et triomphant ;
A la France amoindrie et que rien ne défend ;
Au traité de Madrid..... Le vaincu de Pavie,
Où tout était perdu, fors l'honneur.... et la vie,
Songe qu'une autre fois il fut déjà fêté
Avec plus de splendeur dans la même cité.
C'est qu'alors, rayonnant de jeunesse et de gloire,
Il marchait, devancé par un cri de victoire :
Marignan ! où Bayard, sans reproche et sans peur,
Le sacra chevalier, le serra sur son cœur ;
Où, pendant un long jour, se heurtèrent, mêlées,
Deux nations, de rage et de haine affolées ;
Où l'on ne vit, parmi les sombres combattants,
Ni fuyards ni captifs ! Bataille de Titans,
Qui mettait à nos pieds Milan, Rome et Florence,
Et promettait l'empire au jeune roi de France.
Après un tel renom, si vaillamment acquis,
Loin des périls passés et des pays conquis,
Il pouvait, simulant quelques assauts étranges,
Lancer à tour de bras d'innocentes oranges,
Et d'une éclaboussure affronter le danger,
Où de si doux regards avaient su l'engager :
Du haut de leurs balcons, nos brunes Marseillaises

Pouvaient, sans déshonneur pour les armes françaises,
Le viser à la tête et le toucher au cœur.
Le roi n'entendait pas être deux fois vainqueur.
Si d'un souci son âme était préoccupée,
S'il portait brusquement la main à son épée,
Il pouvait dire, simple et grand comme un héros :
« Je suis triste ; je pense à mon rhinocéros. »
Mais quand un roi, trahi par le sort des batailles,
A de son propre honneur conduit les funérailles,
Et vendu ses sujets pour sortir de prison,
Ces pensers et ces jeux ne sont plus de saison.
Il avait fui le temps où la France enivrée,
Comme une chaste épouse à lui s'était livrée.
Gloire, soldats, trésors. tout hélas ! dans ses mains,
Tout s'était englouti. Par quels âpres chemins,
Sans trêve ni merci, de campagne en campagne,
En Italie, en Flandre, en Savoie, en Espagne,
Il l'avait entraînée ardemment sur ses pas,
Vers un but que lui-même il ne connaissait pas,
Lui, toujours téméraire, elle, toujours vaillante ;
Et, lambeau par lambeau, démembrée et sanglante,
Province par province, en proie aux ennemis
La livrant pour sauver ses plaisirs compromis.
Marseille, il la rendit au sombre Connétable,
Qu'elle avait repoussé d'un élan formidable,
Et la récompensa de sa fidélité,
Monarque ingrat et vil, par une lâcheté.
Déjà fondait sur nous comme un oiseau de proie,
Notre ennemi, rempli d'une féroce joie,
Quand Dieu, qui tient le sort des cités dans sa main,
L'entraîna malgré lui sur un autre chemin,
Et le poussa vers Rome.... Il perdit la vie.
Et maintenant fêtez François, à votre envie,
Lorsque, pour assurer nos destins indécis,
Il vient unir son sang au sang des Médicis.
Quelle triste alliance ! Elle apportait, la belle,
Trois cent mille écus d'or en fortune réelle ;
Le reste en espérance, en titres vains, en droits,
Monnaie artificielle admise chez les rois.
Prétexte de folie et de guerre lointaine,

Le droit de s'en aller courir la pretentaine.
Les trois cent mille écus furent tôt dépensés
En festins nuptiaux, en cadeaux insensés ;
Mais il restait les droits : elle se disait reine
De Naples ; des Génois elle était suzeraine ;
Duchesse de Milan.... Par malheur, il fallait
Aller prendre d'assaut tout ce quelle apportait.
Que dirait un gandin au père de famille,
Qui donnerait en dot, par contrat, à sa fille
Les monts Himalayas ou bien le Pôle Nord ?
Si Gustave Lambert le permettait encor....
Donc, le duc d'Orléans épouse Catherine ;
Ils sont jeunes ; leur âme à peine se dessine ;
La France sur leurs fronts ne lit pas son destin ;
Mais elle, porte au cœur un poison florentin ;
Et le honteux trafic des marchands de Florence,
Par ses mains propagé, décimera la France.
De ses flancs trop féconds cinq enfants sortiront :
Une reine et trois rois, qui jeunes périront.
François II, frêle enfant, dans les bras de Marie,
Alors pure beauté, par le peuple chérie,
Ivre d'amour pour elle épuisant sa santé,
Mourra dans la mollesse et dans la volupté.
Charles IX ! Ecartons ces images funèbres,
Spectres ensanglantés qui peuplent les ténèbres.
La Saint-Barthélemy pleure encor sous les cieux ;
Il mourut, la voyant toujours devant ses yeux.
Il mourut. O jeunesse ! O splendeur éphémère !
Et bénit sa nourrice en maudissant sa mère.
Henri III, sur un trône encor mal affermi,
Où la royauté chaste avait parfois dormi,
Fit se vautrer, cynique, en hideuse luxure,
Ses mignons de couchette aux mœurs contre nature.
Tremblant devant les Guise, et fuyant le combat,
Il s'en délivre, enfin, par un assassinat.
Mais sur le criminel le sang versé retombe.
Il sentait qu'une main l'attirait dans la tombe,
Et déchu, de Paris il allait s'éloigner,
Sans savoir se défendre et sans savoir régner,
Quand de Jacques Clément le couteau fanatique

Mit au rang des Martyrs ce monarque lubrique.
Tels sont les souvenirs dont votre charité
Fait revivre à nos yeux la sombre majesté.
Si l'on pouvait ne voir qu'un seul coin de l'histoire ;
Douter de nos malheurs passés ou n'en rien croire,
Et, spectateur naïf, applaudir le tableau,
Quand l'artiste est habile et que le drame est beau,
Pour vous remercier de vos larges aumônes,
Le peuple marseillais tresserait des couronnes
Au nom des malheureux loin de qui votre main
Chassera pour longtemps le spectre de la faim.
Mais songez qu'en plaçant la scène dans la rue,
Vous ne pouvez montrer à la foule accourue
Rien qui de la Cité rappelle les douleurs ;
Ni drapeau, ni bannière aux funestes couleurs.
Il vous faut susciter un saint enthousiasme,
Qui nous fasse sortir tous de notre marasme,
Par un cri, par un chant, patriotique écho,
Clairon qui sonne autour des murs de Jéricho.
Vous pouviez, à la foule assignant son vrai rôle,
Electriser un peuple avec une parole,
Comme au jour où Marseille, à l'aspect du danger,
Se leva frémissante et chassa l'étranger.
Et nos concitoyens, tous, quel qu'en soit le nombre,
Paraissant avec vous, au grand jour ou dans l'ombre,
Auraient représenté leurs aïeux.

Sous la main
Vous aviez le sujet. Je le dirai demain.

GANDINS & COCOTTES

Si la garde mobile et la cocotterie
N'empêchent pas encor qu'en France on se marie,
Hâtez-vous, jeunes gens, cessez de vous tromper.
L'amour, en célibat, n'est qu'une coucherie,
Une auberge où chacun à son tour vient frapper,
Pour payer cher le droit de se faire attrapper.

On dore vainement ses amours de jeune homme,
Pour ne pas avouer qu'on a choisi trop bas,
Pourquoi perdre son temps à chercher loin, en somme,
Celle qui doit rester une heure entre vos bras.
Pressé d'aimer au jour le jour, on en prend comme
D'un plat de table d'hôte, et l'on est vite las.

Quels mots vides et doux ! que de fausses extases !
Que de réveils soudains, songes interrompus.
Fronts pâlis, yeux éteints, corps lassés, cœurs repus ;
Satiété courant après des paraphrases ;
Rhétorique sceptique enveloppant d'emphases
Le sens des mots divins que l'on ne comprend plus.

Ainsi, courant toujours de la blonde à la brune,
De la brune à la blonde, ardent et désiré,

Vous fatiguant en vain, n'en contentant aucune ;
Vous jetez à vos sens un cri désespéré,
Et ne pouvez jamais atteindre cette lune
Que promet à l'amour l'idéal adoré.

Septième ciel, foyer d'ivresse incandescente,
Où la nuit conjugale à perpétuité
Retrempe sa vigueur et sa sérénité.
Toi que cherchait Don Juan à travers la tourmente,
De la grotte au harem, rêve de l'innocente
Dans l'éternelle joie éternelle beauté.

Sphère étrange où l'amour dans la pudeur se drape !
De connaître ce ciel avez-vous mérité ?
Quand un ballon s'élève, on ferme sa soupape,
De peur que de ses flancs trop gonflés ne s'échappe
Le gaz, fluide appui de sa légéreté :
Dans un ballon percé nul n'est jamais monté.

La force ne s'acquiert que par l'économie ;
Le prodigue s'épuise au hasard à semer,
Sans labour, sur un sol où rien ne peut germer.
N'entendez-vous jamais comme une voix amie
Qui semble dire en vous : Canalise ta vie,
Aime une honnête femme, et tu sauras aimer.

Pourquoi mener de front quatre intrigues nouvelles ?
Pourquoi jeter ta sève aux pieds de ces donzelles ?
Est-ce pour qu'on t'appelle un aimable vaurien ?
Et tu traînes ta vie aux vents froids des ruelles ;
Toi qu'en un lit bien chaud fatiguerait si bien
Une vierge exigeant un baiser quotidien.

Aussi bien notre globe a perdu ses Hercules,
Et les pauvres amours qu'en nos embrassements
Nous serrons sur nos cœurs, chauds de raffinements,
Nous rendent en soufflant nos baisers minuscules.
Qu'aurait dit Messaline à ces frêles amants
Qui, pour une caresse, avalent dix pilules.

Quel beau rôle à tailler dans l'*Amour Médecin ;*
Nos gandins, en dépit de toute poésie,
Ont pour le dieu Mercure un culte trois fois saint,
Et traînent après eux toute une pharmacie.
La santé rayonnait sur le front d'Aspasie ;
Lovelace était pur, et Don Juan était sain.

Mais nous, qui nous parons d'un manteau de jeunesse,
Enfants, auxquels il faut des vices de vieillards,
En mépris du vieux temps aux rires égrillards,
Nous dédaignons l'amour, la chanson et l'ivresse ;
Usés par les excès, en proie à la tristesse,
Infirmes, à vingt ans nous nous faisons paillards.

Et qui donc médira de la Grèce et de Rome,
Des jardins de Caprée et des Jeux de Néron.
La cité Phocéenne a beau lever le front,
Son dos s'empuantit des odeurs de Sodome,
Et, tout comme à Lesbos, les filles en viendront
A vouloir une femme et les garçons un homme.

De honte ! il n'en est plus ; les vices sont publics ;
Des flancs de Cléopâtre, où dorment les aspics,
Le poison se répand, et vous tue au passage.
La tête haute, ainsi qu'un soldat au pillage,
La débauche s'en va, promenant ses trafics,
Et ne respecte plus ni le sexe ni l'âge.

Ah ! le mal est si grand que l'on n'en parle plus ;
A quoi bon surveiller, régir, parquer les filles ;
Pourquoi les reléguer dans les quartiers perdus ;
Imposer à leur seuil la lanterne et les grilles,
Et marquer au théâtre, en vaines estampilles,
La place des vertus et des demi-vertus ?

A quoi bon ? S'il suffit, pour surmonter ces digues,
De l'or, du bras, du nom d'un soi de vingt-un ans.
La trouvaille est facile et coûte peu de brigues ;

Ces dames ont toujours, dans nos enfants prodigues,
Des protecteurs en pied, des chevaliers errants,
Qui signent le registre au nez des grands parents.

Comme on abuse alors des libertés conquises ;
Comme on foule en piaffant le trottoir balayé
Par la robe de moire aux couleurs indécises,
Et qu'alors le métier deviendrait bien payé,
Si la bourgeoise ainsi n'en avait essayé,
Comme sous la régence avaient fait les marquises.

Quel temps ! le sens moral s'est si bas affaissé,
Qu'on ne regarde plus où la honte a passé.
La luxure partout se débite et s'étale ;
La rue est un grand lit. L'honnête femme, pâle,
N'ose plus s'arrêter, marche d'un pas pressé.
Tout se sait, tout se voit, rien ne fait plus scandale.

La nuit, le gaz stoïque éclaire de ses feux
Ce monde où tout est faux, cheveux, bijoux, dentelles,
Hormis l'or de Manon, qui passe à Des Grieux
Joueurs de baccarat, joueuses de prunelles,
Gandins poussifs, boursiers, chevaliers de ruelles,
Pas un visage honnête où reposer ses yeux,

Et tout ce monde beau d'une beauté factice,
Court la joue empourprée et les cheveux au vent,
Rit, danse, aime, s'enivre au bord du précipice
Si beau que la pudeur vers ces attraits du vice
Lève ses yeux de vierge et s'éloigne en rêvant.
Ah ! la femme de Loth se retourne souvent.

Puis le soleil éclaire, à son tour, de ses flammes
Ce même monde impur où les corps vont sans âmes,
Mais le fard sur la joue incruste la pâleur ;
Le regard est sans vie et le front sans couleur,
Et toujours on rencontre ensemble, sans pudeur,
Et les petits gandins et les petites dames.

La police sur vous tient ses yeux paternels,
Le trottoir est à vous, dès vos heures venues,
Trottez, chassez en paix, filles entretenues,
La morale, abdiquant ses grands airs solennels,
Regarde se dresser partout, au coin des rues,
Votre lit qu'ont doré nos vices éternels.

Mais qui distinguera nos filles de ces gueuses,
Si nos fils vont ainsi les traînant sous leurs bras ;
Quel frère peut conduire aux demeures pieuses
Sa sœur qui, chaste enfant, entendrait sur ses pas
Dire : c'est sa maîtresse ! O mères vertueuses !
Par respect vos enfants ne vous salueront pas.

Où se cacher ? où fuir cet ignoble spectacle ?
Où se purifier de ces contacts boueux ?
Où chercher la pudeur devenue un miracle ?
Dans quel palladium, digne de nos aïeux,
Mettrons-nous à l'abri, le jour de la débâcle,
L'espoir et l'avenir d'un pays glorieux ?

Ce n'est pas la vertu, mais le patriotisme
Qui nous inspire, à nous, ces amères clameurs ;
Car il nous semble ouïr de lugubres rumeurs ;
Nous sentons sous nos pieds sourdre le cataclysme,
Et pour le conjurer notre impuissant civisme
Ne trouve que deux mots : le travail et les mœurs.

Mais j'oubliais que l'âme, où la soif de l'or prime,
Perd vite du travail la mâle dignité.
Par des chemins semés de fleurs, pauvre victime
que l'on mène en chantant à la servilité.
L'homme s'enivre, oublie et tombe ; dans l'abîme
Son honneur avec lui roule précipité.

Quoi ! travailler quand l'or est gisant dans la boue ;
Sans doute, on se salit les mains, mais on le prend.
Quoi, garder sa vertu, quand la vertu se vend ;
Quels marchés ! tout se vend. Quels tripots, tout se joue.

L'immense tapis vert sur la France s'étend ;
La fortune y promène incessamment sa roue.

La faute en est à vous, écrivailleurs maudits ;
Poètes, romanciers, dont les muses infâmes,
Comme au siècle d'Auguste ont dégradé les âmes.
Ovide, Horace ! Allons ! chantez comme jadis,
Chantez, puisque vos chants sont encore applaudis,
Les faiblesses des dieux, le Falerne et les femmes.

Mæcenas atavis edit: regibus !
Tes vers sont beaux, vraiment, mais ton cœur, ô poète,
Est si plat que Mécène y peut marcher dessus ;
Vois, ton patron sourit, tes vers sont bien reçus ;
Demande une villa, mendiant, fais ta quête ;
La honte des Romains vaut le prix qu'on te jette.

Et toi qui te raillais des hommes et des Dieux ;
Toi qui perdis si vite, en tes amours fatales,
Les faveurs et les dons des mains Impériales.
Au fond de la Scythie, exilé soucieux,
Entends dans ta cabane, à travers les rafales,
Les cris de la Patrie et la plainte des cieux.

L'histoire te condamne, en flétrissant Auguste ;
Tu devins son complice et ton exil fut juste.
Toi seul osas lier d'un distique moqueur
Les héros et les dieux sur le lit de Procuste ;
Les montrer nus, meurtris, déchus de leur grandeur,
Et d'un antique culte éteindre la ferveur.

Ils ne te plaignent pas, ni Poushkine ni Dante,
Ni le plus grand de tous, celui qui plane encor
Au plus haut de l'exil, d'où sa pensée ardente,
Ainsi que d'un cratère éclate en gerbes d'or,
Et jusqu'aux cœurs des rois apporte l'épouvante.
Le poète rêvé par le pauvre qui dort,

Lui seul du *misérable* a sondé la souffrance ;
Quand il chante pour lui, toutes les autres voix,
Honteuses, à l'écart, se taisent à la fois.
Chante encore ; tu nous rends notre belle espérance ;
Libre et plus haut que nous, il semble que tu dois
Interroger le ciel et veiller sur la France.

De tes concitoyens ne désespère pas ;
Dans la nuit du tombeau sous le poids de ses chaînes
La morte ressuscite et le sang dans ses veines
Renaît enfin avec la force dans ses bras ;
Ils sont passés les jours des tentatives vaines ;
Pour ne plus reculer nous marchons pas à pas.

Quand la pensée humaine est lasse de produire
Des chefs-d'œuvre châtrés par les doigts des censeurs,
Et que, nouveau Saturne impuissant à détruire,
Elle les rappetisse au vil niveau des mœurs ;
Quand l'homme s'effémine et quand l'air qu'il respire
S'imprègne mollement d'énervantés senteurs ;

Quand le génie humain, au séjour du tonnerre
Ne pouvant plus planer du vol de l'aigle altier,
Les yeux vers le soleil s'affaisse tout entier,
Et comme un passereau piaille en rasant la terre ;
Quand le juste et le fort, le savant et l'austère
Cherchent l'ombre ou l'exil dans la nuit d'un sentier ;

Quand le bruit de l'orgie, immonde et colossale,
Hélas ! couvre la voix de la pudeur qui râle ;
Tandis que sur le corps d'un grand peuple abattu
Un vil histrion, d'or et de pourpre vêtu,
Chante en vers applaudis la facile morale,
Et raille en se soûlant l'amour et la vertu ;

Quand une nation sans murmurer supporte....

. . . .
C'est que la liberté se meurt ! Non, elle est morte !

Elle est morte en tendant ses bras ensanglantés,
Non vers ceux qui l'avaient défendue ou trahie,
Mais vers nous qui dormions, enfants, dans les cités.
Céleste vision, trop vite évanouie,
Son image est restée en notre âme éblouie,
Et nous cherchons la place où brillaient ses clartés.

Nous voici devenus, en grandissant, des hommes.
L'histoire, à l'horizon, nous montre de la main
L'aurore des grands jours, qui peut surgir demain.
Cet espoir nous console en l'abîme où nous sommes,
Et nous laissons passer, comme de vains fantômes,
Les vautours acharnés sur le génie humain !

LES VOIX DU PEUPLE

Enfant du peuple, issu d'une obscure famille,
Ne devant qu'au travail et des jours et des nuits
Le peu que je dois être et tout ce que je suis,
J'aime l'ombre et je hais la vanité qui brille.

Et dans cette ombre austère où courent s'abriter
La liberté, les mœurs, la vertu plébéienne,
En attendant que l'aube ou le grand jour revienne,
J'ouvre un livre où l'histoire enseigne à méditer.

Or, dans ce que je lis, comme en mon existence
Je retrouve mon âme et la vois s'élancer,
Combattre et tour à tour s'élever, s'abaisser....
Ame de plébéien qui gémit et qui pense.

Elle porte des fers quelle rompra demain,
Et toujours misérable et toujours indomptée
Mord le joug qui l'opprime, esclave révoltée
De ces mille tyrans qui se donnent la main.

Partout où l'âme humaine est en spectacle et souffre,
Enorme écrasement des petits par les grands ;
De Nemrod le chasseur aux derniers conquérants,
Partout où de la mort le mal nourrit le gouffre.

Je reconnais ma plainte et ma rébellion.
Le cri de Spartacus, de Christ et de Socrate,
Comme un écho vivant dans ma poitrine éclate,
Et je sens sourdre en moi la Révolution.

Partout du sang, des lois cruelles, des entraves,
Une lutte sans fin, un incessant effort ;
L'humanité veut vivre et repousse la mort ;
Et partout les tyrans écrasent les esclaves.

Mais on voit s'affermir leur domination
Sur tant de pauvreté de principe et d'idée,
Qu'il faut d'aveuglement être bien possédée
Pour en subir le joug, quand on est nation.

Lequel est le plus fort, le plus grand, le plus digne,
Ou du peuple ou du chef qui sur lui veut régner.
Qui des deux doit servir et qui doit ordonner.
La raison a parlé ! que l'orgueil se résigne.

Le peuple est souverain. S'il lui plaît d'investir
D'un titre ou d'un mandat que son pouvoir partage
Quelques grands citoyens élus par son suffrage,
Ce que son pouvoir crée, il peut l'anéantir.

Le droit de travailler pour soi, de vivre libre,
Egaux devant la loi nous appartient à tous.
Nous travaillons pour ceux qui gouvernent pour nous
Et la justice en vain cherche son équilibre.

Ah ! si nos gouvernants nous avaient enseigné
Que le pauvre a pour lot l'éternelle misère
Et qu'humble il doit ramper ainsi qu'un ver de terre,

Mais ils nous ont donné l'universel suffrage.
Depuis quatre-vingts ans, sur le marbre et l'airain,
Ils ont gravé le nom du peuple souverain,
Fondé le droit nouveau, renversé le vieil âge.

Des paroles de Christ ils se sont souvenus.
Fraternité. Grand mot. A la raison humaine
Ils ont fait un appel, et délié sa chaîne.
Ils ont dit aux penseurs : Soyez les bienvenus.

Ils ont dit qu'ils voulaient émanciper, instruire,
Moraliser. Chacun, citoyen et soldat,
Serait mis au niveau de ce double mandat.
Le servage du corps, ils devaient le détruire.

Et le peuple gémit sous les mêmes fardeaux.
S'il vit, angoisses, faim, sueurs, deuil, infortune,
S'il meurt, il est couché dans la fosse commune ;
Sa souveraineté finit avec ses maux.

***

Il vient un jour où las, d'espérer et d'attendre,
La liberté qui marche à pas lents dans la nuit,
Loin des chemins sacrés le plébéien s'enfuit.

Comme si dans la tombe il se sentait descendre,
Il s'arrête, il se couche, il déplore son sort,
Et maudit l'espérance en appelant la mort.

Autour de lui tout est silence et solitude.
D'un implacable azur le ciel paraît peser
Sur la terre et vouloir de son poids l'écraser.

La torpeur se répand avec la languitude
Dans l'atmosphère lourde où tout semble implorer
Le soleil dont le feu brûle au lieu d'éclairer.

La plante se dessèche et penche sur sa tige,
Le fruit tombe, la fleur s'effeuille et se flétrit,
L'oiseau morne se tait, la source se tarit.

La nature a perdu sa grâce et son prestige,
Tout agonise et meurt dans un calme effrayant.
Soudain la foudre brille et gronde à l'Orient.

*
* *

Emblème de la Force, ô peuple, ô majesté,
Que je souffre à te voir te vautrer dans la boue,
Toi qu'on flatte à l'égal des rois et qu'on bafoue
Quand sur ta large épaule au faîte on est monté.

De tes puissantes voix qu'on capte le suffrage,
De tes robustes bras qu'on arme la fureur.
Qu'on te lance à l'assaut des abus du vieil âge,
Pour exploiter ta force en semant la terreur.

Peuple, bouc émissaire éternel de l'histoire,
Chargeant ton cou des fers que l'on t'a fait briser,
Vainqueur, de ton triomphe on te vole la gloire;
Vaincu, dans ta défaite on te laisse écraser.

Ils t'ont dit que la force était la loi suprême
Et que le plus grand nombre a le droit d'ordonner.
Sur ton auguste front mets donc le diadème;
Si le plus fort est roi, c'est à toi de régner.

Lève-toi; de la force, indomptable victime,
Montre comment l'agneau se transforme en lion.
Que ta dolente voix qui gémit dans l'abîme
Jette le cri tonnant de la rébellion.

En avant! En avant!
         Ah! je veux bien combattre,
Dis-tu, comme je sais vaincre, je sais mourir,
Mais, enfant de la terre, une mère marâtre.
Mort me garde et vivant ne veut pas me nourrir.

Ces tiges qu'en un jour j'avais déracinées
En mâchant la cartouche au lieu de pain,
Je les vois refleurir en têtes couronnées.....
Je peux d'un souffle encor les broyer, mais j'ai faim !

La liberté rayonne au haut des barricades,
Mais la famille attend notre gain journalier ;
Le fusil prolétaire éteint les canonnades,
Mais la misère éteint la lampe et le foyer.

Si la victoire au moins domptait cette souffrance,
Si la patrie encor payait sa fierté,
Et si ceux qu'on nomma les sauveurs de la France
De se sauver eux-mêmes avaient la volonté.

Nous aurions recueilli pendant les trois journées,
Du pain pour nos enfants et des balles pour nous ;
Afin qu'on ne vit pas, dans la rue, obstinées,
Les femmes des héros mendier à genoux.

Peuple, il ne suffit plus de la Force et du Nombre ;
Pour vaincre, il faut l'Idée. Ah ! connais mieux ton sort :
Tu nourris en toi-même un ennemi plus fort
Qui te frappe sans cesse et marche dans ton ombre.

Il te laisse ignorer ce que tu dois savoir ;
Pour toutes les horreurs, il t'ouvre des écoles ;
Il invoque ton nom en des discours frivoles
Qui te vantent ton droit et jamais ton devoir.

Ton plus grand ennemi c'est ta propre ignorance.
Instruis-toi, travailleur, chasse-la de ton sein ;
Sinon la liberté perdra toute espérance
Voyant l'atelier vide et le cabaret plein.

Marseille. — Imprimerie Commerciale F. Canquoin, rue Vacon, 48.